Frankie's Magic Football

球衣8号

兰帕德少年足球小说系列

QISHI CHENGBAO DE
SUMING DUIJUE

骑士城堡的宿命对决

[英] 弗兰克 · 兰帕德　著
乐乐张　译

GUANGXI NORMAL UNIVERSITY PRESS
广西师范大学出版社
·桂林·

出版统筹：汤文辉
选题策划：王　津　张耀霖
责任编辑：于海宝　熊　隽
美术编辑：卜翠红
版权联络：张耀霖
营销主管：耿　磊
责任技编：李春林
First published in Great Britain in 2014 by Little Brown Books for Young Readers

著作权合同登记号桂图登字：20-2015-257 号

图书在版编目（CIP）数据

骑士城堡的宿命对决 /（英）弗兰克·兰帕德著；乐乐张译.
桂林：广西师范大学出版社，2016.10（2017.2 重印）
（球衣 8 号兰帕德少年足球小说系列）
书名原文：Frankie vs the Knight's Nasties
ISBN 978-7-5495-8213-6

Ⅰ. ①骑…　Ⅱ. ①弗…②乐…　Ⅲ. ①儿童文学－中篇小说－英国－现代　Ⅳ. ①I561.84

中国版本图书馆 CIP 数据核字（2016）第 110659 号

广西师范大学出版社出版发行
（广西桂林市中华路 22 号　邮政编码：541001
网址：http://www.bbtpress.com）
出版人：张艺兵
全国新华书店经销
北京盛通印刷股份有限公司印刷
（北京经济技术开发区经海三路 18 号　邮政编码：100176）
开本：880 mm × 1 240 mm　1/32
印张：3.5　　字数：42 千字
2016 年 10 月第 1 版　　2017 年 2 月第 2 次印刷
印数：10 001~16 000 册　　定价：18. 00 元

谨以此书献给我最亲爱的母亲帕特夫人。感谢她当年在我只顾踢足球的时候，提醒我写作业，感谢她陪我走过人生的点点滴滴。

——弗兰克 · 兰帕德

序　言

很高兴我的足球小说在中国出版。这是一种奇妙的缘分，因为这套小说中，有一本我专门写到了中国！我曾经到过中国，见到了无数可爱的球迷，切身体会过这里对我的支持，我希望很快能够再次拜访中国。

我从小就喜欢踢球，这和我的家族有很大关系，我爸爸是名足球运动员，我童年最快乐的时光就是和他在后院踢球，他教了我不少踢球的秘诀。当然了，想要成为一名职业足球运动员，光是热爱足球还远远不够，还得有各种严格的训练。但正是因为热爱，即使再严苛的训练，也会乐在其中。

在球场上，我曾经攻破过许多球队的大门。很多人曾问我进球的秘诀是什么？我的回答就是：不断地练习。就是这么简单。想要踢进一个球，靠的可不只是

运气，你需要充沛的体能、娴熟的技术，还有最重要的——灵活的大脑，而想要达到这些标准，你需要不断地练习、练习、再练习，直到迎来进球的那一刻。我自认不是天才型的球员，所以，我从来不会放弃最基础的足球训练，这就是我踢球的秘诀。

中国是一个伟大的国度，我知道在那里有很多喜爱足球运动的孩子，也像我小时候一样，每天踢足球、看球赛、买足球杂志，甚至会搂着足球睡觉。我也知道，不少家长反对孩子过多地踢球（因为他们觉得会影响功课），但是我相信足球能够带给孩子课堂上学不到的东西，那就是面对困难的勇气、团队合作的精神以及进球那一刻的喜悦。

我现在是两个女儿的父亲，每天夜里，我会在她们入睡前陪她们一起阅读，希望她们能够从故事中获得勇气和信念。就像我在书中创造的弗兰克足球队一样，他们遇到各种各样奇怪的足球队，有骑士、海盗、木乃伊等历史和神话人物，也能看到很多奇怪的动植物，但是正是足够的勇气和信心，让他们一次次战胜强大的对手，并且让友谊更加坚定！

另外，每本书中加入了关于足球的知识，包括足球的历史、规则、技术等等，可以让你更加深入地了解足球这项运动。鉴于每个人特长不同，有人喜欢在前场冲锋陷阵，有人喜欢在中场运筹帷幄，还有人喜欢在后场纵横捭阖，所以，从这些足球知识中，每个人都可以学到自己感兴趣的东西。而从你翻开这本书的第一刻起，你就是弗兰克足球队的一员了，兰帕德叔叔将成为你最给力的教练！

开球吧！少年！

弗兰克 · 兰帕德

目录
CONTENTS

★ ★ ★ ★ ★

欢迎来到“魔法足球大联盟”的奇妙世界！这里有全世界最顶级的足球联赛！你还在等什么？

想要加入“魔法足球大联盟”？首先，你要组建一支属于自己的球队。注意，这种级别的赛事可不是在公园里踢着玩儿的那种，你的对手是来自世界各地的强队，比赛场地也是世界闻名的“大球场”。

现在，哨声即将响起，大伙儿系紧鞋带，众志成城，拿出你们的最高水平！祝你们好运！

——主裁判

第一章

城堡碎片

叮铃铃……

下课铃响了，教室里一下子热闹起来。本周的课堂上，唐老师给大家讲述了有关中世纪的知识，例如中世纪骑士、城堡以及骑士比武大赛，同学们听得有滋有味，弗兰克也享受着课堂上的每一分钟。

“孩子们，很好，还记得之前提到的作业吧，设计一个你认为有关中世纪的最具特色的作品，明天来了我

们看看哪一组设计得最好！”

“唐老师，我们还没开始做呢。”

弗兰克面前摆放着一个城堡模型的半成品，城垛是用纸盒子粘起来的，护城河则是用蓝色丝带铺垫的，瞭望塔还没来得及涂上颜色，角楼上的旗子也没有插上。

唐老师将同学们分成 3 人一组，每个小组做一个模型。弗兰克和查理、露易丝分到了一组。科比所在的小组已经做好一个纹着盾徽的木制盾牌，谭雅所在的小组也不甘示弱，桌上摆了一大摞有关中世纪烹饪的书籍，而巴布罗所在的小组打算做一只纸做的大喷火龙，但是这个想法刚刚提出，就被唐老师驳回了，给出的理由是喷火龙并不是中世纪真实存在的，作品一定要反映当时的现实情景。于是，巴布罗决定制作一个能发射乒乓球的投石机。

其他小组在下课前就已经完成了作业，同学们背着书包陆续走出教室，除了弗兰克这组。

“唐老师，能不能再给 10 分钟？”

唐老师看了看表说：“当然，你们尽管做，别在教室淘气就行。”说完，他背起斜挎包走出教室。

仔细看，城堡上的旗杆是用废弃的棒棒糖棍做成的，查理拿着胶水想把旗子粘上去，但是试了好几次，硬是粘不住。原来是他戴着的手套搞的鬼，没办法，谁让他“时刻准备着”呢？

“你怎么不摘了手套做呢？”露易丝问。

“时刻准备着嘛。”

终于，第一面旗子粘好了。

“好啦，开始涂色吧！”弗兰克来到教室后面提颜料，刚一蹲下，突然感觉脚踝处酸痛不已，原来是上周比赛中留下的伤，他现在唯一的愿望就是赶紧好起来，因为本周末有一场重头戏，他们要面对实力强大的10岁以下少年组的莱尔公园队。

咚咚咚！

谁在敲门？

又是凯文。一脸坏笑的他说：“下课都这么久了，

你们还在这儿干嘛？”

“我们在做作业，明天要检查的。”查理指了指城堡模型。

凯文忍不住大笑起来，说：“一帮神经病！”他推开门，径直走到弗兰克的书包前，提起来就是一顿乱翻。

“住手！”弗兰克生气地说。

“我的家门钥匙丢了，把你的给我。”他把书包翻了个底朝天，里面的书、文具盒、午餐盒，还有那个破烂的魔法足球，全都散落一地。

弗兰克从口袋里摸出钥匙说：“在这儿！你就不能先问问我吗？”

凯文嘟囔了一句，把书包扔在一边，夺过钥匙说：“别太晚哦，乖宝宝们。”

他准备离开教室，还没走几步，就看到地上的魔法足球，他实在脚痒痒，忍不住抬脚就射，魔法足球重重地打在黑板上又弹了出去。接下来的一幕，弗兰克和他的小伙伴们都吓傻了，时间仿佛静止下来，反弹回来的魔法足球带着强烈的弧线砸在了城堡模型上。露易丝早已合不拢嘴了，查理手中的胶水也掉落在地上，他试图伸手去阻挡，但是一切为时已晚，魔法足球把这座大家精心制作的模型砸了个稀烂。

“看你干的好事儿！”弗兰克愤怒地大叫。

凯文看起来十分抱歉，尴尬地耸了耸肩说了一个“哦”字，低着头跑出了教室。

面对七零八碎的城堡模型，大家不知道如何是好。魔法足球静静地压在城堡的炮台上，仿佛一枚随时出膛的炮弹。

“为什么会这样！”露易丝沮丧地说。

“别担心。”查理将一只手搭在她肩上说，“我们重新再来。”

“这可是我们几个小时的心血啊！”弗兰克无奈地说。想想之前受伤的脚踝，再加上现在突如其来的意外，他今天真的是倒霉透顶！

就在大家陷入一片沮丧的时候，周围的空气仿佛凝

固了，魔法足球在地上微微颤动起来。弗兰克仿佛发现了什么，脸上闪过一道笑容。此时，魔法足球一边旋转一边下陷，周围的地板向外扩散开，形成一个巨大的彩色旋涡，好像一道道高速旋转状态下的彩虹瀑布。

大家还没看清楚怎么回事，突然脚底一滑，全都掉了下去。他们顺着美丽的彩虹隧道一路下滑。

“你们在哪儿……”查理的声音被淹没在巨大的彩虹隧道里。拐过几个弯道，大家继续向下滑。弗兰克用力撑着脖子，尽量调整身体重心，好让头部朝上。不一会儿，隧道开始向上旋转，大家滑行的速度明显降了下来，而且越来越慢，越来越慢……

眼前一片黑暗，弗兰克心里打鼓，如果前面是条死路可怎么办？也许大家会被撞成重伤，也可能在黑暗的未知世界里游荡。

想到这些，他紧紧闭上眼睛。

第二章

王者之约

弗兰克猛然睁开了眼睛。晴朗的天空万里无云，微风拂过脸颊带来丝丝的凉意。此时，他喉咙干涩，呼吸困难。

远处是一片又一片的绿油油的草甸。

查理身穿一件白色褶边衬衫，外面套着一件棕色马夹，下身穿一条紧身收腿皮裤，脚上拖了一双皮质软底

鞋，有点儿凉拖的意思。而弗兰克穿一件红色束腰外衣，腰间系着一条皮腰带，脚上套一双皮靴。露易丝穿了一条绸缎料子的连衣裙，裙摆长长地拖在身后，说："我讨厌这身打扮！"

就在大家还在抱怨的时候，弗兰克早已注意到远处的一座城堡。这真是一座宏伟的建筑！

城堡正中央有一扇金属大门，门前的护城河上架着一座吊桥。

"太不可思议了！"查理惊呼。

"不可思议的还在后面呢！"露易丝说，"我看咱们这是到了中世纪！"

这时，从身后传来一个熟悉的声音，原来是小麦。每次魔法足球大冒险，弗兰克足球队的每一名队员都会到场，尽管他们掉进旋涡的时候不在一起，最后总是以一个团队来比赛的。小麦跺了跺脚，环顾四周，说："不会吧，我刚才还在跟邻居家的小猫玩儿，然后就这么昏头昏脑地到了这儿。"

弗兰克不禁笑了出来，因为他知道小麦又在吹牛了。原来，小麦平日里最害怕的就是邻居家那只大黑猫潘特了。

“看来要在这儿踢比赛了。”露易丝说。

听她这么一说，弗兰克还真有点儿紧张，因为他的脚踝伤还没有痊愈。

远方传来隆隆的滚雷声，而且听起来越来越近。

“好奇怪，这万里无云的好天气，哪里在打雷？”弗兰克纳闷。

没错，天空湛蓝湛蓝的，没有一丝云彩。

“额……我觉得不是天上在打雷。”露易丝的脸变得煞白，“响声来自地下。”

弗兰克这才发现，雷声的确来自地下，他双腿颤颤悠悠的，于是赶紧蹲下来，手掌平铺在草地上，确定声音的确来自地下。“这雷声也许真的来自地下。”

当他再次抬起头的时候，眼前的一幕让他惊呆了：大概有 20 匹战马排成一行向他们飞奔而来，每匹马上

坐着一名全副武装的中世纪骑士，他们盔甲铮亮，钢盔后面藏着一双愤怒的眼睛，人手一把长剑。

“不会是来攻击我们的吧？”查理的声音不觉颤抖起来。

战马眼看就要来到他们跟前，所到之处污泥四溅，杂草纷飞，速度快得让人窒息，而且根本没有停下来的迹象。

“应该不会。”露易丝说。

弗兰克指着城堡大喊：“大家快跑！”

小麦的小短腿刷刷摆动，像一支离弦的箭跑在最前面，身后是查理和露易丝，而弗兰克跑得最慢，因为他的脚踝伤让他心有余悸，他知道太过用力的奔跑会造成病情的恶化，但他依然咬紧牙关向吊桥方向跑去。背后的骑士团也在步步逼近。

小麦第一个穿过了吊桥。弗兰克看到城堡里有一些惊恐的士兵乱作一团，有人大喊：“有敌人！拉起吊桥！”

露易丝和查理已经跑上桥去，弗兰克距离他们大约20米。没时间了，他握紧拳头，胳膊飞快地摆动，不断加速。吊桥的铁索已经拉直，弗兰克知道，吊桥要被拉起来了。

查理和露易丝站在桥上大喊：“加油！弗兰克！”

弗兰克仿佛踩了风火轮，只为能在最后一刻跨过吊桥。吊桥开始“咯吱咯吱”地向上拉起。

弗兰克想：完蛋了，做不到了，我会困在这里，被身后的铁蹄任意践踏！

还有10米到达吊桥，但是吊桥已经被拉高到与弗兰克身高相当的位置。

“跳呀！弗兰克！”查理伸出双手大叫。

没时间多考虑了，要么跳，要么死。桥下的深水护城河就在眼前，深黑色的河水像猛兽一般等待猎物坠落。他伸出双手后，继续上气不接下气地狂奔。

没机会了……他感觉到自己的身体正在下坠……

一只大手伸出，紧紧地抓住了他的手腕，他的身体

吊在空中左右摆动。

“抓住你了！”查理兴奋地说。

弗兰克抬起头，看到露易丝趴在吊桥的边缘，伸手抓住他的上衣向上拉。终于，他安全登上吊桥。随着吊桥越升越高，3 人滚作一团摔了下去。

弗兰克一屁股坐在地上，大口大口地喘气。查理狼狈地趴在他身上。身后的吊桥已经完全拉起，他们站起身，拍着身上的灰尘。

露易丝擦了擦额头上的汗珠说：“哎哟！我们终于安全了！”

“早着呢！”一个粗嗓门的声音说。弗兰克循声望去，3 个穿着破旧盔甲的士兵正用长矛对着他和他的小伙伴们。

“站起来！亚瑟王[①]可不欢迎艾伯特派来的入侵者。”

---

① 译者注：英文名 King Arthur，在英格兰传说中是一位伟大的国王。作为最受欢迎的圆桌骑士团的骑士首领，亚瑟王是一位活在传说中的神奇人物。他近乎神话般的传奇让中世纪无数作家陶醉。不过现在大多数人认为，亚瑟王其实并不存在，没有足够的史料证明他存在过。

一个士兵说。

弗兰克一行慢慢站起身说："我们不是入侵者，这个听我解释。"

"哦？是吗？"士兵还是有所顾虑。

弗兰克看了看小伙伴们，该怎么解释才好呢？这些士兵也许压根儿都不知道魔法足球的故事！

"好吧……这事儿说来话长啊……"

"到亚瑟王面前讲吧！"

"那条狗是干嘛的？"

"谁知道呢！但是一条小狗能把我们怎样？你个胆小鬼。还是让库克回来处置它吧，炖着吃味道应该不错，我几周都没开荤了。"

弗兰克倒吸 口凉气："但愿他们是闹着玩的。"

一名士兵在背后用力推了他一把，呵斥道："赶紧走！"

3 个人就这么可怜巴巴地被押回城堡。他们先是穿过一间庭院，接着路过一间马棚，里面的马儿伸出头来

看热闹，成群的猪和鸡在院子里乱跑，衣衫褴褛的人在路边眼巴巴地瞅着。浓烟从一间看起来像铁匠铺的屋子上冒出，屋里一个光膀子的男人正在“哳哳”地打铁，火星四溅。

他正在铸剑呢，弗兰克心里想。

弗兰克上了几级台阶，脚踝伤又犯了，阵痛像潮水般袭来。他咬紧牙，来到一扇双开的大门前。一名押送的士兵先从门缝里挤了进去，没过多久，门后传来了粗哑的喊声。他们被押到一间大房间，房间中央摆放着一张巨大的圆形桌子，面积几乎占满了整个房间。圆桌周围坐满了骑士，大家都在盯着一张印有城堡和周围环境的地形图。墙面上挂满一张张挂毯，上面描述着激烈的战斗情景，哦！不对！那不是足球赛吗！

不可能的，弗兰克想。唐老师讲课时候说过，中世纪的人们不会踢足球。

骑士们一个接一个地扭过头来看着这几位“入侵

者”，大家停止了讨论。

“陛下！”押送弗兰克的士兵说，“我们以至高无上的亚瑟王为荣耀，将这几个入侵者逮个正着。”

圆桌的另一面坐着一位年轻骑士，看起来不过15岁。其他骑士都老老实实坐在座位上，唯独他是站着的，而且他的穿着也与众不同，他上身穿着红绿相间的天鹅绒束腰装，背后是高高在上的王座。他一定是亚瑟国王，弗兰克想。

“稍等一下，”露易丝说，“我们不知道谁是艾伯特。”

“肃静！”亚瑟王身边的一位彪悍骑士呵斥道。一脸络腮胡的他，长着一双炯炯有神的大眼睛，好像一张大脸上安插了两个煤块。

“如果我们是入侵者，那我们绝不会走正门的！”查理说。

大块头骑士气红了脸，大喊：“给我关进地牢里去！”突然，他想起了什么，于是对亚瑟王毕恭毕敬

地说：“当然，要听您的安排，陛下。”

亚瑟王点点头，轻声说：“一切由维纳罗特爵士安排。”

第三章

会飞的球员

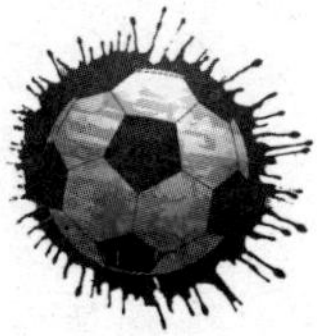

看起来情况不太妙，弗兰克和他的小伙伴们被带了出去。他们准备穿过庭院，朝着一扇黑洞洞的大门走去。

维纳罗特爵士大摇大摆地走在最前面说：“你们会喜欢上这儿的大老鼠，它们会好好款待你们的。”说话间，某个物体从大家头顶飞过，“砰”地砸在对面的矮墙上，碎石块如大雨般散落一地。所有人停下脚步，呆呆地看着前方飞扬的尘土。接着，又一个砸在墙上，

这次大家终于看清，是一个个石头足球！所有石球都砸向同一个目标——铁匠铺，铁匠铺的屋顶被砸出一个个大洞，一时间火光四溅，铁匠尖叫着从里面跑了出来，门口的几只老母鸡也“咕咕”地四散而逃。

维纳罗特爵士惊恐地看着弗兰克，用浑厚有力的嗓音说：“有敌人！”

更多大块的石球接踵而至，恐惧在城堡的每一个角落蔓延。

这明明就是在用石头足球进行射门训练！弗兰克不敢想象眼前发生的一切，悄悄躲在墙角儿。维纳罗特爵士大步走到庭院中央，猛地拔出腰间的利剑，拉起钢盔上的面甲说：“弓箭手各就各位！”这时，又一个石球越过高墙，径直向他袭来。这位骁勇的骑士就这么眼巴巴地看着石球越来越近，脚下像长了钉子，站在原地动弹不得。查理一路小跑，用手将球挡住，石球砸在地上后形成一个凹陷的大坑，而查理由于惯性撞向了维纳罗特爵士，两人都摔倒在地。

爵士呆若木鸡，仿佛还不知道刚才到底发生了什么。当他再次抬头的时候，那双黑樱桃的眼珠儿睁得圆圆的。

弗兰克也抬起头，只见空中涌出一团火焰，重重砸在城堡的外墙上。他不清楚这火焰究竟从何而来，但是他看到空中拍打着一双巨大的翅膀，接着，一具 20 多米长的黑色躯体呈现在眼前，躯体的背后长满尖刺。

“火龙都是假的。”他还在自我安慰。可是，当一只真正的火龙活脱脱出现在他眼前时，他只能认命了。

火龙伸长脖子，舒展着翅膀掠过庭院上空，然后朝弗兰克袭来。他看到火龙张开血盆大口，牙齿像烧焦的木炭一根根立在那里，瞬间起了一身鸡皮疙瘩。他只有向后逃，不巧被一个石头足球绊倒，抬头一看，火龙金黄色的眼珠死死盯着他，喉咙里含着的火焰在跳跃，看来真的是在劫难逃了。

在这千钧一发的时刻，他把脚伸向身前的石球，用力将其挑起。石球不偏不倚地打在火龙喉咙里，咦？火

焰竟然瞬间消失了！火龙仿佛被卡住了喉咙，“呼哧呼哧”地喘着粗气，鼻孔冒烟儿，用力拍打着翅膀。

火龙飞回到城堡上空，甩着脑袋，想把喉咙里的石球吐出来。与此同时，石球的攻击也停了下来。城堡里的士兵们赶快从各处打来一桶桶水灭火，其他人则躲在门洞里，不时地探出脑袋，看看外面是否安全。

维纳罗特爵士爬上梯子，来到城堡外围的防卫墙上，弗兰克和他的小伙伴们也跟在后面。

弗兰克说：“早就告诉你了，我们不是入侵者。”

从防卫墙向外眺望，大家被眼前的一幕惊呆了——之前绿油油的草甸，如今已经扎满了帐篷，全副武装的士兵成群结队地在营地外巡逻。此外，他们还看到敌人有多辆用来攻城的投石车，车上架着高大的木质发射架，车头装有粗大的攻城锤。

维纳罗特爵士戴着一副金属手套，将一只手轻轻搭在炮台上说：“艾伯特国王就是个笨蛋，想用石球击垮我们的城堡，简直是做梦！”

“但是如果人家围攻，怎么办？”露易丝说，“把你包围起来，意味着你只能利用城堡内有限的食物，僵持下去，我们都会饿死在这里。”

维纳罗特爵士不屑地笑了笑，然后又愁眉不展起来。的确这是他之前没有考虑过的。

这时，一名穿着黑衣的骑士骑着马慢悠悠地来到城门前，身上没有任何武装，弗兰克一眼就认出了他——裁判！

“是裁判！”弗兰克不禁叫了起来，“他怎么从对方的阵营里走出来？”

这位骑士停在城墙下，从腰带中抽出一卷卷轴，向上喊话：“这是亚瑟王的哥哥传来的圣旨！请把你的城堡交给艾伯特国王，否则……”

“做梦吧！”维纳罗特爵士大喊。

“那你们就等着饿死吧！”骑士说完，调转马头离开了。

不能在这个倔强的骑士身上栽跟头，弗兰克心想。

“等一下！”弗兰克大喊。

维纳罗特爵士匆忙问：“孩子，你想干什么？”

“我们可以通过其他方式解决问题，”弗兰克继续喊，“比赛定胜负！”露易丝和查理用异样的眼神看着他，“相信我！”

裁判问：“比赛？马上长矛比武大赛？”

“不是！我说的是足球比赛！”

裁判窃笑着说：“没问题，明天太阳升起后的一小时，比赛准时开始，将决定最终城堡的归属。”

维纳罗特爵士眯着小眼睛，在他的肩膀上用力一拍说：“孩子，你太聪明了！”

弗兰克禁不住夸奖，小脸通红，在这个懦弱的爵士眼中，好像胜局已定似的。

“我们在哪儿训练？”弗兰克问。

爵士脸上的笑容立刻消失了，提了提嗓子说：“你算老几？在这儿，我是亚瑟王骑士队的队长！你们小孩子连坐替补席的机会都没有！不过，我倒是给你们想了个办法。”

说完，他大摇大摆地离开了。看来，弗兰克和他的小伙伴们回家的希望又要搁浅了。

第四章

决战前夜

为了迎接即将到来的比赛，城堡上下一片沸腾，亚瑟王要举行一场规模宏大的盛宴。维纳罗特爵士说过，他们的亚瑟王骑士队是这片土地上最强大的足球队，他们有最优秀的球员，在他看来，城堡究竟属于谁的问题没有太大悬念。

所有人看起来心情都无比愉快，除了弗兰克和他的

伙伴们。他们几个被安排做服务生，负责给厨房和来宾帮忙。你看，弗兰克从厨房里端出一盘又一盘美味可口的菜肴，从楼上忙到楼下，又从楼下忙回到楼上。露易丝负责倒酒，查理穿着一身中世纪宫廷里小丑的服装，拼了老命地表演扔火把的无聊节目，那双守门员手套这时候倒是显得尤为实用。

至少比关地牢好多了，弗兰克想。

他端着一大盘烤鸡来到亚瑟王身边，从表情上看，国王此时的心情并不太好，他还是顶着压力尊敬地弯下身子将美食献上。

“其实你大可不必这么做。”国王拿起一根鸡腿啃了起来。

弗兰克愣住了，这是亚瑟王第一次对他开口讲话。

“您为什么不像他们那样享受这个美妙的夜晚呢？”弗兰克一边问，一边向远处维纳罗特爵士和他的手下们点头示意，他们正在纵情高歌一首有名的足球歌曲。

“有什么好庆祝的，我唯一希望的就是我的哥哥艾伯特别那么粗鲁，老拿战争来解决问题。记得小时候，我俩关系一直很好的。”

弗兰克点点头。他依稀记得自己的哥哥凯文是怎么和自己较劲儿的，情况其实是一样的。

“但是后来，他变了，变得那么陌生、卑鄙还有小气，也正是因为如此，我们的父亲最终决定将城堡留给年龄更小的我，而不是艾伯特。在他眼里，我会成为一名真正的领袖。”

“至少这次比赛之后，我们能彻底地解决这个问题。”弗兰克说。

“你觉得可能吗？”亚瑟王摇了摇头说，“就算你们赢了，他还是会继续攻打，直到城堡被摧毁的那一天。”

维纳罗特爵士对弗兰克说：“嘿！小子，再给我加点吃的！”

无精打采的亚瑟王继续坐在那里，弗兰克该忙活自己的事情去了。弗兰克回到厨房，从锅里冒出的水蒸气充满了整个屋子，做服务员真不容易，在这么小的屋子里，没一会儿全身都被汗水浸透了。

弗兰克正要端着刚出炉的菜肴到楼下的长桌前时，一个年轻貌美的金发女郎手上托着一小盘蛋糕，拦住了他的去路。

“拿着！记得替我向库克和维纳罗特的骑士们问好！”

弗兰克一手端着一盘蛋糕，一手托着一盘烤羊排。他好不容易才让双手保持平衡，慢慢走下楼去。

他先是把蛋糕端给维纳罗特爵士的骑士们吃，因为他的骑士们个个生龙活虎，可以凭借强大的战斗力在几秒钟内击败对手。他正要把羊排放在桌上的时候，突然感到有什么东西在轻轻摩擦自己的小腿。原来是小麦，它躲在桌子底下不敢出来。

“你刚才去哪儿了？”弗兰克问。

“躲着呗，免得意外受伤。”小麦说着，鼻子好像嗅到什么东西似的，大声问：“是羊肉吗？”

“你可不能吃！”弗兰克说。

“你就不能假装从盘子里丢下一块给我吗？”

平日里，弗兰克的爸爸喜欢称小麦为“自动吸尘器”，因为只要地上有吃的，不管干不干净，绝对被小麦吃个精光。

弗兰克先看了看四周，没人往这边看的时候，悄悄扔给桌下的小麦一块烤羊肉。

“赶紧藏起来，我们要想办法从这儿逃出去。”

但是，当他看到维纳罗特爵士和他骁勇的骑士们大吃大喝、满嘴污渍的时候，他又开始迷茫。

突然，从隔壁大厅传来一声尖叫，很快，火光四起，墙上的挂毯被火舌吞没。

“着火了！我不是故意的！”查理惊慌失措地大叫，显然，这场火灾是他不小心将手中的火把掉落导致的。

露易丝昏了头脑，抱着一大罐酒冲上去，将里面的酒全部倒在火焰中，火烧得更旺了。

“喂！那可是地窖里最好的藏酒啊！”维纳罗特爵士被露易丝气得要死。

“也许你该回去睡觉了！这样你在比赛中才会表现更好！”露易丝厉声说。

看着眼前的一团混乱，骑士们脾气更大了，喊叫声不绝于耳。一个骑士捡起一块面包，猛地丢向露易丝。露易丝先是一个漂亮的“胸部停球”，然后抬起大腿，面包得以稳稳地落在膝盖上，接着用力将面包片向上一甩，最后用头将面包顶给了查理。查理头球接力，将面包又传给弗兰克。弗兰克二话不说，凌空一脚抽射，面包掠过维纳罗特爵士头顶砸在墙面。

维纳罗特爵士被激怒了，他握住剑柄，正要从腰间抽出利剑，一个雄厚的声音传来：“够了！”原来是亚瑟王，他继续说：“看来这个女孩刚才说的是对的，维纳罗特爵士，你该带上你的人回去休息休息了。”

维纳罗特爵士把剑又按回剑鞘中，带着他的人怒气冲冲地摔门而去。弗兰克看了看桌子底下，小麦按着羊骨头，吃得正酣呢。

“他要比周一早上的老爸凶多了。”小麦说。

“你们也该休息了，”亚瑟王坐回到王座上说，“如果明天你们输了比赛，那这个代价很严重，很可能是一辈子失去自由。”

第五章

悉数上场

弗兰克和他的伙伴们被安排到一间空荡的马棚里，地上铺一些稻草，躺在上面睡觉。但是查理的呼噜声很烦人，露易丝辗转反侧，小麦的小爪子在配合着梦里的情节上下摆动，唯独弗兰克睁着眼睛不睡觉。他脑海中一直在思考一个问题，假如维纳罗特爵士的球队明天出战，输了比赛，我们还会被关起来吗？如果赢了，那意

味着什么？我们就可以回家了？

弗兰克甚至有点想哥哥凯文了，可见此时的情况有多糟糕。

清晨的第一缕阳光从马棚门外射进来，弗兰克揉揉眼睛，走出马棚。他来到一口井边，打水洗脸。周围静悄悄的，突然不知从哪传来一声类似呕吐的声音打破了清晨的寂静。听起来像是从庭院方向传来的，隐隐约约还伴随着抱怨声。

弗兰克沿着声音传来的方向，大概能够判断是昨晚大伙聚会的大厅。小麦三步并作两步地跟在后面。

“你也听到了？”弗兰克边跑边问。

小麦大声说：“听起来好像有人生病了。”

弗兰克猛地推开大门，门后站着一个人，是维纳罗特爵士，他躬着身子，双手捂着肚子，显然他已经把昨晚吃进去的都吐在了地毯上。其他骑士一脸苦相，病恹恹地坐在一起。亚瑟王看起来也不舒服，说：“我们该怎么办呢？”

他正说着，一个骑士抱着空酒罐子吐了起来。

露易丝带着查理也赶来了，她合抱双臂说："看来是昨晚喝了太多的酒。"

维纳罗特爵士一头栽倒在椅子上，蜷起身子说："不是酒的问题。"他示意一位头上顶着布的骑士说："看，萨福汉斯爵士一滴酒没喝，也病成这样。很可能是吃的东西出了问题。"

"但是我们大家都吃了呀。"查理说。

弗兰克突然背后一凉，他依稀记得在厨房遇到的那个陌生女郎。

"难道是蛋糕？"他小声说。

"什么意思？"维纳罗特爵士问。

弗兰克这才给大家讲述了昨晚那个金发女郎的事情，还有那盘库克先生专门为球队烤制的蛋糕。

"下毒？"露易丝惊讶地说。

"厨房里从来没有什么金发女郎。"萨福汉斯爵士说，"里面的女人丑极了，除非是克罗内的把戏。"

“谁？”弗兰克问。

“克罗内是个女巫，在我哥哥手下效力。”亚瑟王说，“她用魔法可以变成其他人的长相。”

“你肯定也知道！”维纳罗特爵士突然指着弗兰克，他躬着身子，一边咳嗽一边说，“早就看出来这些人是艾伯特派来的间谍！都给我绑起来！现在就绑！”

门外的士兵齐刷刷地走到弗兰克和他的伙伴面前。

“住手！”弗兰克说，“难道你还不明白么？我们是获胜的唯一希望。”

“你说什么？”亚瑟王问。

士兵准备动手了。

“你们的球队就是一盘散沙，这还打什么仗，你需要真正的球员去对抗艾伯特，我们正是你们需要的人。”

维纳罗特爵士擦了擦嘴说：“不行！你们这帮小偷！偷走我的荣耀！你们不会得逞的！”

“此时，您看起来和‘荣耀’两字渐行渐远了。”露易丝说，“就看你们这状态，没一个人能拿得出手的。”

士兵开始捆绑弗兰克的胳膊，弗兰克用力挣扎，试图挣脱。

“至少要给我们一次机会，要是输了……”弗兰克看了一眼露易丝和查理说，“由你们处置。”

亚瑟王紧紧咬着嘴唇，好像在深思熟虑，到底应该选择哪支球队出战。最后，他对弗兰克点头说：“就这么定了，你将代表我们出战，去赢得比赛的胜利！”

“如果你们失败了，刀斧手大刀伺候。”维纳罗特爵士愤愤地说。

查理吓得钻到弗兰克身后说：“你确定要这么做吗？我觉得我的脑袋待在脖子上的感觉挺好的。”

弗兰克凝重地望着查理说：“所以，我们决不允许失败。”

随着吊桥落下，弗兰克心跳得更快了。

咚！咚！咚！

对方阵前站着一位鼓手正在敲鼓鼓舞士气。

对方用帐篷围出一个长方形球场。艾伯特国王的士兵整齐划一，从中央让出一条路。亚瑟王骑着高头大马走在最前面，身旁由维纳罗特爵士陪同，身后跟着自己的骑士部队。有趣的是，维纳罗特爵士将自己的面甲盖得紧紧的，生怕别人看到他那张发绿的苦瓜脸。维纳罗特爵士身后是弗兰克、查理、露易丝和小麦，他们几个徒步出场，身后的骑士要么起哄，要么咒骂，有几个人还在吐口水。

大部队终于到达球场，两队球门都已经安装好，一个巨大的帐篷引起弗兰克的注意，帐篷顶端插着一面黑色的旗子。裁判抱着足球，走到球场中央问："你们的队员呢？"

亚瑟王朝弗兰克挥挥手说："弗兰克足球队将为我方出战。"

骑士们笑得肚子都痛了。"他们会输光内裤的！"有人喊。

裁判举起一把冲锋号，鼓起嘴巴用力一吹，吱！

这时，从对面的那顶大帐篷走出一个体型消瘦但个子很高的男孩，他站姿标准，挺胸抬头，要说“扬着头”也不为过。弗兰克从他的相貌看得出来，这个男孩就是亚瑟王的哥哥艾伯特。接着出场的是个满头银白色发辫的老太婆，她提着某个物体，向前慢慢挪动。

“这位看起来实在没什么威胁。”查理胸有成竹地说。

“你错了，我虽然年老，但还是很有威胁的。”老太婆阴险地笑了笑，嘴里的牙齿已经掉光，“我可是会魔法的哦，你们应该有所耳闻吧。”她提起那个物体，在面前晃了晃，突然，她的外形开始变得模糊。不一会儿，弗兰克竟然再次见到了昨晚聚会上的金发女郎！

“她就是克罗内女巫。”小麦捂着鼻子说，“她是不是不洗澡，我快受不了了。”

克罗内女巫不屑一顾地伸出长满疖子的手指说：“小毛球，少说几句吧，否则我会把你变成一只小猫

咪哦！”

小麦吓得钻到弗兰克的两腿之间。

老太婆身后是一个蒙着灰色头巾的蒙面人。从外表看，他像一个僧侣，弗兰克听到亚瑟王在问身边的维纳罗特爵士：“这又是谁？”

爵士摇了摇头说：“我真不知道。”

“这是我们的机会，他们看起来不堪一击。”露易丝激动地说。

“他们还有一名队员没有出场呢。”查理说。

“炙炎者哪儿去了？”艾伯特国王问。

轰！

艾伯特国王身后的帐篷瞬间燃烧起来，几秒钟就烧成灰烬。烟雾中站着一条巨龙，一条傲慢的巨龙。

弗兰克顿时觉得又热又渴，用力咽了一口口水。

“还觉得够幸运吗？”弗兰克问露易丝。

第六章

飞龙界外球

裁判将球踢向空中，吹响号角。

“比赛开始了！”旁边加油的骑士们高呼。查理第一个启动，跑向球门，露易丝反向去追球。对手仿佛被施了魔法，站在原地一动不动。怎么回事？他们在干什么？弗兰克心里打鼓。

眼看露易丝就要踢到球了，突然不知什么原因，她一个跟头栽倒在地，趴在草地上滑出很远。全场观众笑

翻了。

不可能，露易丝不会这么笨的，弗兰克想。

她刚刚挣扎着站起来，紧接着又一次摔倒在地，这次还是直愣愣地站在那里，什么都没做就摔倒了。

“鞋带！”露易丝和弗兰克这才发现，两根鞋带竟然缠在了一起。弗兰克抬头发现，对方的老太婆正在神经兮兮地挥舞着什么东西。

“她在施魔法！”

艾伯特冲上来将球拿下，迅速向查理把守的球门奔去。弗兰克冲上前去进行干扰，但是艾伯特速度太快，轻松躲过了弗兰克的堵截。

不对，一定有猫腻，没有人能跑得那么快。

小麦也冲上来进行堵截，但艾伯特做出一个令人吃惊的过人动作，他双脚夹球[①]，一个前空翻，像体操运

---

① 译者注：夹球过人是短暂用双脚内侧夹球跳起过人，在足球世界里这个动作是允许的，在被多人围抢时，它能有效摆脱两名以上的防守球员。其实，能熟练掌握此技能的球员并不多，1998 年法国世界杯上，墨西哥队的布兰科在面对两名韩国队防守球员时，两脚夹球跳起过掉了他俩，被大家戏称为“蛙跳王子”。

动员一样从小麦头顶飞过。此时，他的面前只剩下门将查理了，他总是球队最后一道防线。

查理半蹲下来，眼睛死死盯着足球的运行路线。艾伯特抬脚射门，足球呼啸着冲向球门。查理瞬间做出正确的判断，整个身体都扑了出去。

这球肯定能守住……弗兰克想。

突然，查理重重摔在地上，而且是手部先着地。

虽然艾伯特的射门稍稍偏出，但查理的手套好像被粘在地面上，怎么扯都扯不下来。

“坏了！我的手套变成石头了！”查理大喊。

弗兰克又看了克罗内女巫一眼，她还在那里窃笑，手中挥舞着什么东西。

“裁判，他们耍赖！”弗兰克向裁判抱怨道。

裁判昂起头，不知从哪儿抽出一本《足球规则》，飞快地翻页：“胡说，规则里没提到球员不能使用魔法。”

“那是因为魔法本身就不存在！”露易丝焦急

地说。

“你爱怎么说就怎么说，比赛继续！阴险骑士队1：0领先弗兰克足球队！”

弗兰克做了个鬼脸。“他们能耍赖，我们也得想想办法。”弗兰克把队员们叫到身边说，“问题的关键在于，一定要让足球运行起来，要看着点女巫，一定要在她挥舞那个东西之前传球。”

查理丢下那副变成石头的手套，把球抛给弗兰克。弗兰克开始向前带球，他用余光观察到女巫躲在球场一侧，伸出手好像要拿起什么，这时候，他迅速将球传给了小麦。“小麦！一脚传球！”弗兰克强调道。

小麦按弗兰克说的，刚接到球，就将球传给了露易丝。这时，一道闪电划过，地上突然出现一个坑，小麦一跟头栽倒在地。不过，此时的足球已经在露易丝脚下了。克罗内女巫挥舞着她那个神秘物件，跟在露易丝身后跑，露易丝见状赶紧将球传给了弗兰克。这次，弗兰克清晰地听到了女巫口中的咒语：“站直，站直，

你站不直。摔倒，摔倒，你必须倒。”

这时，艾伯特向弗兰克跑去，准备将球断下。女巫大喊：“喂！你挡住我了！”

弗兰克速度大爆发，超出艾伯特一截，而艾伯特的速度也不慢，他后发制人，又赶了上来。弗兰克赶紧脚后跟将球传给了刚从坑里爬起来的小麦。

小麦面前只剩下对方门将炙炎者了。炙炎者是一条大火龙，它张开双翅，信心满满地等待小麦射门。

小麦抬起前腿，一脚低射，足球向球门下角飞去。

“好球！”弗兰克高喊。

但是就在足球跨过门线的那一刻，炙炎者喷出一股巨大的火焰，瞬间将足球吞没，足球就这么烧成了灰！

“裁判！你是不是在玩儿我们！守门员不能喷火把足球烧了！”

裁判又拿出《足球规则》，翻来覆去地找，好像也没找到什么有用的东西，说：“一样的情况，规则里面根本没有写这一条。”

新足球被扔进球场，炙炎者用翅膀开球，克罗内女巫又举起胳膊来，这次她能控制足球的运行轨迹，将球移动到蒙面人脚下。弗兰克横杀出来，两人你挤我，我挤你，互不相让。这时，蒙面人对着弗兰克受伤的脚踝就是一脚，肮脏的踢球方式！弗兰克痛苦地大叫一声，蜷缩着在地上打滚。蒙面人将球传回给艾伯特，艾伯特又将球传给蒙面人，两人踢出一套精彩的二过一配合，轻松过掉了露易丝，最后，又只剩下查理了！

二打一，查理完蛋了，没有一点儿机会。查理果断出击，但是艾伯特出脚迅速，在查理触球前将足球传给了蒙面人。

蒙面人轻松将球踢进球网。他高兴地跳了一段摇摆舞，然后做出一个腾空出拳的庆祝动作。

弗兰克眉头紧锁，因为他很喜欢那段庆祝舞蹈，可惜不是他进的球，真是郁闷！

“阴险骑士队 2 ： 0 领先弗兰克足球队！”裁判大声宣布。接着，半场结束的哨声吹响了。

弗兰克扭过头去，亚瑟王正在郁闷地用双手捂着脸，而维纳罗特爵士则高兴地抬起头看了看弗兰克。

他已经准备砍我们的头了，弗兰克想起那一幕，不觉一颤。

弗兰克把队员们叫在一起，露易丝帮忙将查理从地上扶起来说："我们现在遇到两个问题，第一，女巫一直在施魔法阻挠我们；第二，那条喷火龙是不会让我们进球的。我们需要把这两个狠角色搞定。对付喷火龙，我已经想好了办法，但是我们需要亚瑟王和维纳罗特爵士帮个忙。"

"只要不拿我当诱饵就行。"小麦低声说。

弗兰克笑着说："那倒不至于，但是你要帮我对付那个老太婆，小麦。"露易丝把她的想法告诉弗兰克，两人讨论了一番。

查理说："赶紧说说，难道要我故意表现得糟糕吗？"

"没错！"露易丝笑了笑。

“不可能，我的表现从未糟糕过。”查理皱着眉头说。

“没关系，试一试嘛。”露易丝说。

“还有人吗？没人的话，我就要拿回我的城堡了哦！”

“准备好了吗？”弗兰克问大伙儿。

“开始干吧！”

第七章

意想不到的王牌

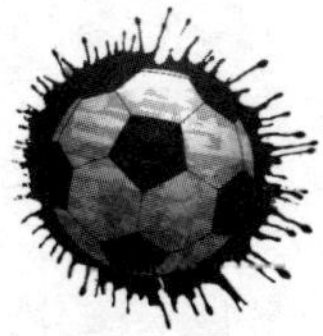

维纳罗特爵士在众人眼皮底下悄悄溜到城堡后面。

一声号响，下半场比赛开始。查理向后抡起手臂，用力将球抛给远处的露易丝，但可能用力过猛，足球不仅越过了球场上的所有人，还越过了大帐篷，向城堡方向飞去，最终落在了护城河里，溅起一片水花。

扔得漂亮，弗兰克默默称赞。

“我可不去捡球。”艾伯特说。

“我也不去。”克罗内女巫说。

蒙面人依旧一言不发，只是摇了摇头，然后指了指炙炎者。

弗兰克屏住呼吸，一切都在他的掌控之中。

炙炎者无可奈何地说：“只能是我去了！”

它拍打着翅膀，慢慢离地，向护城河飞去。草甸上映出它巨大的影子，不一会儿，它就来到了护城河上方。它伸出爪子，在护城河里捞球。

“放啊！”露易丝大喊。

所有人都傻了眼。

随着一声巨响，吊桥迅速降下来，正好落在了炙炎者的脑袋上，把它打入河中，溅起白花花的水花。它费了九牛二虎之力才重新浮出水面，龙鳞上水花四溅。它愤怒地说：“谁干的好事儿？我一定要报仇！”

维纳罗特爵士出现在警卫室里，一只手握在吊桥的把手上。炙炎者向爵士飞来，扬着头，伸出利爪，随时能将爵士杀死。爵士此时无路可逃，只能站在原地双腿打颤。

“烤肉时间到了！”女巫“咯咯”笑着。

从炙炎者口中吐出的并不是之前的炎炎烈火，而是一个巨大浓厚的烟圈。

“真的很有效！”露易丝和弗兰克击掌庆祝，“它的火焰已经被河水浇灭了。”

“给我滚回来守门！”艾伯特着急了，“赶紧终结比赛！”

炙炎者回到球场，裁判不知从哪儿找来一个新足球，把球传给了艾伯特，克罗内女巫挥了挥魔法棒，艾伯特立刻像换了一个人似的，加速飞奔。

她正在给艾伯特加速！弗兰克这才发现，怪不得我追不上他们。接下来，我们该实行B计划了。

弗兰克在艾伯特身后猛追，嘴里高呼：“抓住他！”

小麦早就站在边线附近，对克罗内女巫发起偷袭。女巫正忙着给艾伯特施加魔法，来不及观察周围的情

况，小麦抓住机会，在女巫挥舞魔法棒的时候，高高跃起，一口将她的魔法棒夺下，动作就像它平时在公园里接骨头一样娴熟。

这下，脚下拌蒜的人换成了艾伯特，他一头栽下去，足球乖乖地滚到弗兰克脚下。“我们扯平了。”弗兰克一边说，一边将球传给露易丝。她先是穿裆过掉了蒙面人，然后向球门方向跑去。如果不能喷火，炙炎者就没有任何威胁了。炙炎者试着用翅膀将足球挡开，但是由于露易丝的射门力量太大，足球最终还是飞进了球网里。

“2 ∶ 1！”露易丝高呼。

大家开始议论纷纷，只有亚瑟王在兴奋地拍手。

艾伯特站起身，拍打一下身上的尘土，看了一眼克罗内女巫说：“老太婆，赶紧做你该做的事儿。”

克罗内女巫说：“不行，那条讨厌的小狗偷走了我的魔法棒！”

小麦趴在地上，开心地咀嚼着木屑。

“你呢？”艾伯特指着蒙面人问。

蒙面人耸耸肩。

比赛继续，虽然艾伯特继续持球，但是速度已经大不如之前，连小麦都能从容地断掉他的球，而蒙面人也只有跟在小麦身后追赶的份儿。就算蒙面人铲球，弗兰克也能很快将球率先传出去。他很清楚，刚才的铲球就是冲着他的脚踝来的，但是蒙面人的计划泡了汤。

当小麦再次大力轰门时，失去喷火能力的炙炎者早就没了脾气，只能目送足球再次入网。

“2 ： 2！”

小麦和他的队友们站在那里，看着对方球员。艾伯特早就累得上气不接下气，女巫没了魔法棒就只是一个普通的老太婆而已，炙炎者此时更郁闷。只有蒙面人这时还昂首挺胸。虽然弗兰克看不到蒙面人的眼睛，但他能感觉到对方心中的怒火。有一点很奇怪，看起来这个蒙面人对他的脚踝伤很了解，他是怎么知道的？

裁判一声号响，比赛继续。弗兰克和队友们继续轻

松掌控着比赛，对手几乎没有拿球的机会。“队长，打入制胜球的重任就交给你了。”说着，露易丝将球传给弗兰克。此时，炙炎者的翅膀被卡在球网中，摆出一副“我家大门常打开”的姿态。

弗兰克踩着球，有点犹豫，所有人都在一言不发地看着他。

“射呀！”亚瑟王着急了，“像个真正的勇士结束比赛吧！”

弗兰克回想之前在学校的比赛中，很多次都是他打入的制胜球。足球滚进球网时他体会到无与伦比的荣誉感。

但是这一次，他感觉不太对劲儿。

对手现在是手无寸铁，相当于缴械投降，没有任何还手之力。

弗兰克没有选择射门，相反，他说：“我觉得我们已经证明了自己。”

“你必须踢到比赛结束，否则对你的对手来说就是一种不尊重。”裁判强调。

弗兰克把足球踢到一边说：“这场比赛的目的是决定谁最后应该拥有城堡，但是我认为亚瑟王与艾伯特都没有资格单独拥有，相反，他们应该学会分享，这是亲兄弟间应该做到的。”

查理、小麦和露易丝走到弗兰克身边。

“弗兰克说得对！”露易丝说。

“胡扯！”亚瑟王说，“这是我的城堡，我要定了，赶快射门！我命令你们赶快射门！”

“继续踢呀。”裁判说。

球员们站在那里，静悄悄的，除了蒙面人。看到足球滚到他身边，蒙面人将球控制住。由于刚才查理认为比赛已经结束，他已经离开球门，球门前空无一人。

蒙面人看了一眼球门，左脚将球向前一拨，右脚抬脚就要射门，这时，艾伯特国王将球飞铲出去，蒙面人摔倒在地。

“你个蠢货！”蒙面人终于说话了，这声音弗兰克

再熟悉不过，“我们本来能拿下比赛的！”

裁判吹响比赛结束的号声，“比赛以平局收场！城堡将由两人共享！”

“快把黄金给我，之前说好的黄金。”蒙面人催促艾伯特说。

弗兰克走上前去一把将蒙面人的头巾扯掉。

露易丝和查理惊愕不已。

“你好，凯文。”

第八章

各自的旅程

弗兰克的哥哥愤怒地盯着弗兰克。

“他来这儿干嘛？”小麦不解地问。

“是你在说话吗？”凯文说。

“是的，先生，我刚才问你为什么会在这里。”

“你们两个之前认识？”艾伯特国王指着弗兰克说。

“是的，我俩是亲兄弟。”弗兰克和凯文异口同声地答道。

凯文双手叉腰，郁闷地说："当时，我离开教室的时候踢了一脚地上的足球，后来我想了又想，决定回教室给你道个歉，因为把你们组的模型给毁了。然后我就发现了一个门廊，还有其他的东西，你们知道的。其实，我早就知道你们那个破旧的足球是有魔法的。"

"有没有魔法和你没关系。"弗兰克说。

凯文哈哈大笑："那咱们走着瞧。"

裁判走到他俩中间，拿着老女巫的魔法棒，上面沾满了小麦的口水，说："抱歉，打断一下，我觉得在我们的国家已经有一对吵架的兄弟了，你们赶紧回家吧。"

一阵彩色的波浪袭来，凯文突然间消失了。弗兰克也感觉到自己的身体在一点一点消失，他在骑士王国的最后一幕是亚瑟和艾伯特正在友好地握手。

他回到了教室，手里拿着魔法足球，身边站着露易丝和查理。

令他不快的是凯文也在。

"这次经历简直太棒了！"凯文眼神中透有一丝邪

FFC

恶。他伸手去抢魔法足球，弗兰克死也不松手。

“把球给我！”凯文说。

“它是我的！”弗兰克说。

“你们在吵什么！”唐老师生气地破门而入，走上讲台说：“凯文，放开那个足球。还有，你们到底在这儿干什么？”

凯文嘟囔半天，说是来找弗兰克拿家门钥匙的。

“好吧，那你们继续。”唐老师说。凯文见形势不妙，赶紧溜了出去，走之前，扭头看了一眼弗兰克。

直觉告诉我，吵架才刚刚开始，弗兰克想。

唐老师摇摇头说：“弗兰克，我之前怎么跟你说的，让你不要把足球带进教室。你的作业完成得如何？我现在要锁门了。”

弗兰克转过身想，要是唐老师看到被摧毁的模型，他一定想知道为什么会这样。

“看起来非常棒！”唐老师说。

露易丝在一旁偷笑。

弗兰克抬起头看看唐老师，他不相信自己的眼睛，原来，面前摆放着是一具精美的模型，而且比之前做的更漂亮。吊桥被放下一半，悬在空中，内部使用滑轮原理，滑轮都是由棉线轴做成的。丝质的小旗子贴在杆子上，城堡的庭院里出现更多的马棚，马棚里面还有小马驹。

“看来刚才的一切都是值得的。”查理悄悄说。

“给你们满分！”唐老师说，“但是这是什么？”他走近观察，拿起一个小旗，上面绣着 3 个字母。

“FFC 是什么？”唐老师问，“听起来不像是中世纪的东西啊！”

弗兰克看了看查理和露易丝，大家忍不住笑作一团。

足球就是这样富有魅力的一项运动。在这个星球上，不管你走到哪里，都能看到踢球者的身影。你不需要攒钱购买多么昂贵的装备，不需要租一块专业足球场地，也不需要提前约好一帮要好的朋友，你需要做的只是准备一个可以在地上滚动的足球。一旦足球滚动起来，整个世界都为之旋转。那么，从今天开始，超级弗兰克，也就是你们眼前这位英俊帅气的男孩，将会正式成为你们的足球老师，为你们开讲一期又一期的足球大课堂。我的课程一共15期，每堂课呢，你们都要跟着我学习足球知识和足球技巧，最后

呢，我还会送给你们神秘的小锦囊，这些小贴士可是超级弗兰克的传家宝，不到关键时刻不能打开偷看哦！什么，等不及了？好啦，弗兰克足球大课堂，现在，开！讲！啦！

FOOTBALL

足球知识

中场球员

中场球员处于球队的中央部位，主要负责串联后卫和前锋，保持足球控制在本方球员脚下，同时策动进攻。中场球员上要分为 4 类：中前卫、边前卫、后腰和前腰。中前卫是全队比较关键的位置，他更多负责协调球队进攻重心，与后腰相比，他们的位置没有那么靠后，承担了更多的进攻责任。与前腰相比，他们的位置没有过多靠前，还有一部分的防守责任。边前卫很明显在边路活

动，进攻时要控制节奏，威胁对方球门，能用传球和内切拉开空档，防守时又要及时回收来帮助边后卫分担防守负担。后腰，俗称“防守型中场”，主要任务就是防守，分球、短传、长传，样样得熟练。最后是前腰，俗称“突前前卫”，位置位于前锋身后，负责为前锋喂球，也能组织起全队的进攻。

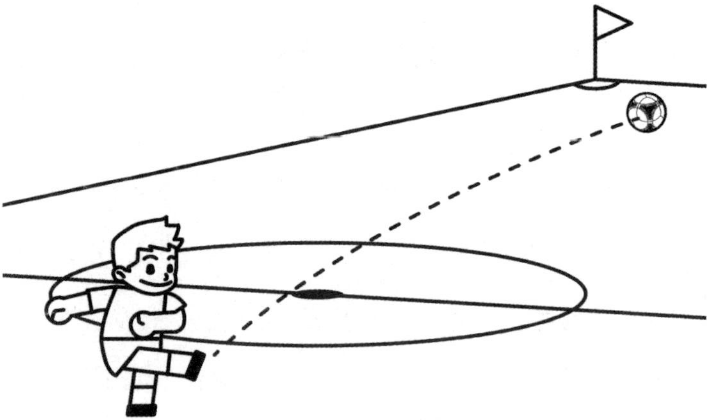

前锋

前锋位于球队的前场，担负球队进攻的重任，不管以何种方式，最终目的就是进球。前锋主要分为中锋和边锋。中锋是球队进攻的主要得分手，往往在对方禁区内活动，中锋有着出色的个人技术和射门能力，身体素质好，能冲能突，勇猛顽强，碾压对方后卫。边锋的主

要任务是突破、传球，同时要根据战术不断换位，扰乱对方防守阵型，打开进球的突破口。

替补球员

正式足球比赛中，每支球队可以安排 11 个首发球员和 3 个替补球员出场。替补球员往往需要强大的心理承受力，因为看到自己的队友在场上拼杀，而自己

坐在冷板凳上，心里自然多少有些不是滋味。但是只要耐得住寂寞，很可能有一天你会从替补球员荣升为首发球员。很多球员都是从替补席开始自己的梦想，要巩固好自己的技术能力，随时做好表现自己的准备，毕竟，机会是留给有准备的人的。

FOOTBALL

足球技巧

说起足球技术，相信很多人第一时间会想起无数足坛名将，他们风驰电掣地带球，眼花缭乱地过人，出神入化地射门，征服了一代又一代的球迷。这里提到的“技术”是我们广义上所说的足球技术，而实际上，超级弗兰克接下来要讲的“足球技术”是具体的足球技术，主要从进攻技术和防守技术两大类着手，其表现方式包括接球、传球、射门、带球过人、头顶球、掷界外球、抢断、守门技术等。本章，我们继续介绍3种基本的足球技术。

颠球

颠球是一种使用身体的某个部位将球轻击，保持足球处于空中的技术动作。颠球可以帮助球员增加球感和熟悉球性，达到一种人球合一的状态。一般情况下，用脚背正面颠球最常见，也是最基本的颠球动作，如果要加大难度，可以使用大腿、肩膀、头部或者胸部颠球。颠球可以发生在比赛前的热身期间，也可以在平时训练

时多加练习。如果颠球练好了，对球员在球场上接球和停球帮助很大。

犯规

无规矩不成方圆，足球场上如果没有足球规则的约束，结果将会不堪设想，球员可以双手抱着球到处跑，也可以辱骂裁判，甚至可以大打出手。这时候，了解足

球规则避免犯规很有必要。足球犯规有很多情况，包括手球犯规、铲球犯规、越位犯规、阻挡犯规、动作过大、罚界外球犯规、辱骂裁判等。大家要文明踢球，告别球场上的一些不文明行为，遵守足球规则，这样才能从踢球中尝到更多乐趣。

扑救

扑救是守门员特有的一种难度较高的技术动作，要求守门员一只脚蹬地，侧身飞出将球接住或者挡出。对面的来球需要用扑救动作的主要有以下几种：守门员两侧的低球、地滚球、守门员两侧的高球和脚下球。每种扑救有不同的动作要求，最终目的就是通过利用身体将射门球挡出。扑救对于守门员的双腿力量、双臂力量、手掌和手指的形状和力度等有严格的要求。大家在训练守门技术的时候，不需要追求特别的技术，而是要练好

最基础的扑救技术。当你有一天发现自己足够自信到能够用特殊的、异形的动作将球踢出，也就说明你与世界头号守门员的距离不远了。

古有诸葛亮赐给赵云3个锦囊，拯救了刘备的蜀国，如今，超级弗兰克在足球场上游刃有余的同时，口袋里可塞了不少锦囊妙计。不卖关子了，让超级弗兰克给你抖出3个足球锦囊看看，接着！

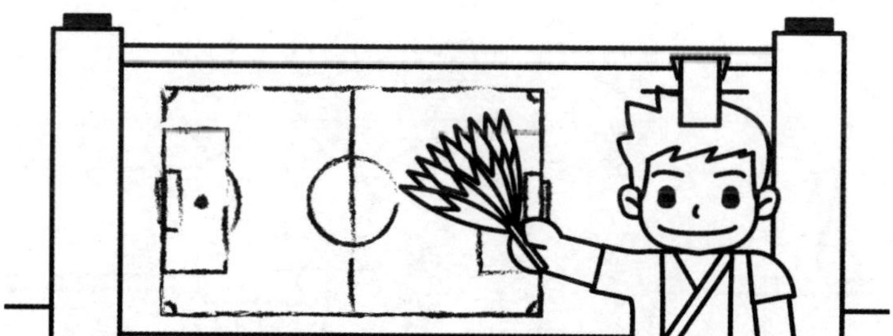

锦囊一：珍惜中场休息的时间

中场休息是足球比赛上下半场中间停下来 15 分钟用来给球员进行短暂休息的时间。球员在这段时间中可以充分补充水分，同时听取教练给予的指导和反馈。就上半场球员的表现，教练需要做出战术和阵容调整，激励大家继续努力，有的性格火爆的教练会训斥球员。

锦囊二：到自己的主场朝圣

喜欢一支球队，一定要亲身到球队主场观看一场比赛，相信这是所有死忠球迷的梦想。那座球场是一片属于自己的圣地，很多球迷心驰神往，如果没有去，这将成为很多球迷一生的遗憾。不过出发之前，你要做好充足的准备，要有足够的预算，在网络上提前订好机票和

酒店，搞定签证和球票。如果有可能，准备一本外语学习的册子，以便途中参考。出国后，你可以欣赏当地的风土人情，也可以感受异国他乡的足球文化。比赛开始前，记得到球迷商店转一转，买一些喜欢的周边产品，标配当然是一件主场球衣和一条围巾。比赛开始后，和现场球迷一起纵情呐喊吧！大家一起高唱队歌，一起互动，享受一场美妙的足球聚会。

锦囊三：保护自己的跟腱

不管是职业球员还是业余球员，只要你踢球，跟腱受伤就是一个不得不面对的难题。跟腱指的是连接跟骨与小腿腓肠肌群之间的带状组织，这个部分在足球运动中非常容易受伤，并且很容易患跟腱炎。引起跟腱炎的原因有很多，可能是球鞋不合脚，也可能是突然加强训练强度，还有可能是在高速奔跑中拉伤。我们在足球运动中，一定要注意保护跟腱，一旦受伤，第一时间停止运动，做一些肌肉伸展运动，促进肌肉的伸缩和拉伸。跟腱炎是一种顽症，一旦患病需要经历一个长期的恢复过程。运动前，我们要做好热身运动，循序渐进地进入比赛状态，不能一开始就释放出全部能量，否则会非常危险。

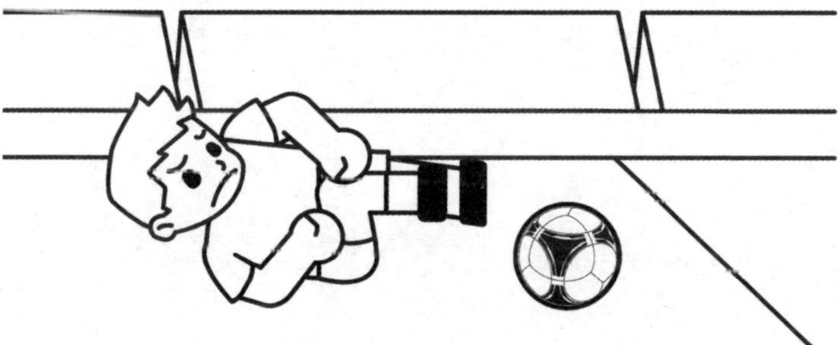

致谢

首先，我要感谢Samantha Smith、Charlie King、Kate Webster、Madeleine Feeny 还有小布朗出版社的每一位员工。其次，我要感谢来自The Blair Partnership经纪公司的Neil Blair、Zoe King、Daniel Teweles和其他员工。再次，我要对Mike Jackson在插画上所作出的努力表达深深的谢意，是他让小说里的人物栩栩如生。同时，我要致以Michael Ford最特别的感谢，感谢他的聪明才智和耐心；最后，我要感谢Steve Kutner，我的好友，是他给予我巨大的帮助和指导，不只体现在这套小说里，一切的一切，都要感谢他。

游戏规则

1. 洗牌，摸牌。
2. 玩家用自己摸到的卡牌组建球队，每 4 张卡牌组成一支球队；玩家也可自行约定每支球队的卡牌数。
3. 玩家自行决定谁先“开球”（即出第一张牌），后出牌者选出一名队员进行阻截，阻截是否成功取决于双方球员的能力值（力量、技术、体能、速度、斗志），玩家自行约定比较哪一项数值，数值高者获胜，并继续与对方的下一名球员进行对决。
4. 玩家手中的最后一张卡牌，即为守门员，如用于比较的能力值低于对方的球员，则球进，反之则守门成功。无论球进或不进，第一轮进攻到此结束，由守门员“开球”，开始第二轮进攻（注：每一轮进攻中，每位球员的某项能力值只能使用一次）。
5. 每场比赛的总时间为 5 轮进攻，即双方进攻的轮数总和是 5 轮；玩家也可自行约定进攻轮数。
6. 比赛完毕后，记录下每支球队的成员和战绩。